지난해 저의 자서전적 행시집을 출간한 데 이어
행시야 놀자 시리즈 제9집 퍼즐행시집을 냅니다
살면서 고운 정 주신 님들에게 이 책을 드립니다

님　惠存

Jung,　Dong - Hee

六峰　鄭　東　熙　드림

행시야놀자 시리즈 #9

퍼즐행시집

六峰 정동희

한국행시문학회
도서출판한행문학

行詩 - 퍼즐행시에 대하여

퍼즐행시를 이해함에 있어서 '**퍼즐(PUZZLE)**'의 사전적 정의를 먼저 알아 보면 흔히 기하학적 조각을 재배치하거나 십자 말 퍼즐 같이 빈칸을 채우는 식으로 해결하는 수학문제를 퍼즐이라 하며, 여기서 말하는 '**퍼즐행시**'란..行詩의 여러 가지 형태, 즉 운율이 있는 행시로부터 자유행시, 주먹행시, 시조행시, 영어행시 등 여러 종류 중에서도 좀 독특한 행시이며, 양괄식행시나 가로세로행시, 회문틀행시라 불리는 작품들도 넓은 의미에서 모두 '퍼즐행시'로 분류할 수 있다.

목차를 보면 아시겠지만 퍼즐행시의 종류에도 운(韻)이 들어간 모양에 따라서 여러 가지로 나눌 수 있는데, 비교적 단순한 것이 I형 퍼즐행시이며, II형, III형, IIII형, /형, \형, +형, M형, N형, V형, W형, X형, XX형, Y형, Z형, △형, □형, ◇형, ?형, 가로세로행시, 마방진행시 등 매우 다양한 편이다.

이러한 행시들은 우리 인류 역사를 통해서 이미 오래 전부터 존재해 왔고, **그 흔적들도 문헌을 통해서 확인**되고 있어서 행시가 **동서 고금을 아우르는 독특한 장르**임을 알 수 있다.

행시(行詩)는 일반적으로 두 글자 이상의 운(韻)을 맞춘 시(詩)로, 주로 **시구 첫 글자에 운을 맞추는 두운(頭韻)**이 많지만, **퍼즐행시의 경우에는 그렇지 않은 케이스도 많다**.

영어로는 **행시**를 'acrostic'이라고 하는데, 각 행의 첫 글자를 맞추면 단어나 구절이 되는 짧은 시를 의미하며, 그 어원은 **그리스어로 '끝에' 라는 말과 '행' 또는 '시'의 합성어**라고 한다.

또한 문화 예술의 한 장르인 미술세계에서도 네델란드 태생의 천재 미술가 **엠.씨.어셔**(1898-1972)가 독창적으로 이룩한 '**쪽매맞춤(Tessellation)**'이란 장르가 있는데, 일정한 형태의 도형들로 평면을 빈틈 없이 채우는 예술로써, 이 책에서 다루는 **가로세로 퍼즐행시와 유사한 점**이 많고 서로 통하는 면이 보인다.

M.C.Escher

* 흰 말 검은 말 사이에 흰 물고기 검은 물고기가 들어 있다.

행시(行詩)는 정형시조와 함께 오래 전부터 있어 왔던 우리 문학의 한 장르였음에도 불구하고, 일제 강점기를 거치면서 일본의 조선어 말살 정책으로 그 맥이 끊어진 상태이다.

한 시대를 풍미했던 실존 인물인 김삿갓(김병연)도 행시를 즐겼고, 조선시대 선비들의 등용문인 과거시험에서도 한시에 운을 넣은 행시 형태로 문장 실력을 테스트 했으며, 조선왕조실록에도 실명과 함께 행시(行詩)의 기록이 남아있고, **3行 17字의 단문형식**을 즐겼다는 기록과 함께 그 작품들도 발견할 수 있어서, 조선통신사 시절 **일본으로 전파되어 하이쿠가 되었다**는 학설에 무게가 실리고 있다.

서양 문물의 영향으로 자유시가 들어오기 이전부터 존재했던 우리 문학 고유의 장르인 행시 문화를 계승하면서, 단순한 놀이문화나 유희에 그치지 않고 **학문의 경지로 인정 받는 날**이 반드시 오리라 믿으면서 선배 문인의 전통을 잇는 장한 작업을 마다하지 않고 있**는 많은 행시인들과 동호인들의 노고에 큰 격려와 박수를 보낸다**.

2019년 12월

한국행시문학회장 六峰 정 동 희

퍼즐행시집 목차

<중 Ⅰ 형>

인생은 퍼즐이다

→ 우 리 **인** 생 은
→ 한 평 **생** 동 안
→ 받 은 **은** 혜 를
→ 다 시 **퍼** 주 며
→ 순 간 **즐** 기 고
→ 대 를 **이** 은 뒤
→ 결 국 **다** 간 다

* 퍼즐행시를 올바로 읽는 순서나 방법은
   운(韻)이 어느 부분에 어떤 형태로 들어 있더라도
   본문 전체를 좌에서 우로, 위에서 아래로
   일정하게 순서대로 읽는 것이 원칙이다.

<끝 ┃ 형>

산불조심

오늘은 이산 다음엔 저**산**

모두들 가니 이몸도 맞**불**

건강과 보람 일석에 이**조**

무리는 금물 언제나 조**심**

* 행시 또는 퍼즐행시를 문자로 표기할 때에는
  퍼즐행시의 속성을 최대한 살리면서
  메시지 전달효과를 극대화하기 위해서
  일반적으로 띄어쓰기를 무시한 채
  일정하게 붙여서 쓰기도 하고, 또는
  일률적으로 적당히 띄어서 쓰는 경우가 많으니
  이 점을 미리 이해하시면 읽기에 더 편하다.

독서의 계절

가을인**가**
높은 구름 하**나**
바람이 꽤 선선하**다**
책 읽기 딱 좋은 계절이**라**
올해는 무조건 책 몇 권 읽으**마**
여러분 앞에 확실하게 다짐하는 **바**
이 약속 못 지키면 올해 소망은 모두 허**사**
<=================================
분명 이건 실천 해야 나도 떳떳하고 좋**아**
우물쭈물 하지 말고 바로 실행 하**자**
한다 한다 할 수 있다 으라차**차**
이럴 때 꺼내보자 히든 **카**
딴 맘 생기면 귀찮**타**
빨리 마치고**파**
푸하하**하**

< / 형 >

무한도전

행 시 의 **숲**
당 신 **과** 나
하 **나** 되 어
무 한 도 전

하나님의 말씀

하	나	뿐	인	천	**하**
만	물	이	만	**나**	는
주	하	나	**님**	세	계
주	님	**의**	감	동	이
종	**말**	에	진	리	라
씀	으	로	밝	아	져

하	나	뿐	인	천	하
하	**나**	님	창	조	품
귀	한	**님**	의	말	씀
세	상	속	**의**	진	리
깨	어	있	는	**말**	씀
올	바	로	펼	쳐	**씀**

< \ 형 >

노을 속 연정

노 란 개 나 리
마 을 언 덕 에
고 운 속 삭 임
언 제 나 연 인
주 고 받 는 정

도전은 멈추지 않는 것

< II형 >

삼행시

三행의 문장안에　**삼**삼한 내가있다
行함과 멈춤들이　**행**렬로 이어지고
詩심과 운율속에　**시**인은 늘푸르다

시조 행시

정형시조 어렵지만　**정**해진틀 지켜쓰고
형식속에 시심담아　**형**형색색 쓰다보면
시가지닌 자유로움　**시**조로도 표현하고
조심스레 운넣으면　**조**화로운 시조행시

삼행시조

삼삼한 발걸음에　삼빡한 삼사삼사
행간에 운 넣은 글　행마는 삼오사삼
시절이 이리 흘러도　시류만은 여전해

삼복에 흘린 땀이　삼 홉은 족히 되니
행여나 몸 축날라　행색을 살펴 보고
시장기 느끼기 전에　시시각각 챙긴다

용봉산

용띠 해 첫 산행에   용봉산 올랐노라
봉봉봉 솟는 기운   봉우리 타고 넘어
산같이 높은 장벽도   산뜻이 넘으리라

봄나물

봄바람 가슴 여니   봄 향기 가득하고
나물밥 한술 뜨니   나긋한 봄 느낌에
물오른 이팔 청춘아   물찬 제비 그립다

송구영신

송곳날 추위속에   송년회 빵꾸나고
구성진 송년가에   구슬픈 심정인데
영희도 마다하고   영자도 소식끊겨
신년을 맞으면서   신세가 처량하네

연평도 일출

行詩문학

六峰 정동희

봄직한 글 밭
아긋 나긋 키 재기

꿈에 그리던
으뜸 향기 연보라
로망 넘치는

오늘 내 마음 열고
라일락 핀다

한때 참한 내 인생

봄 직 한 **봄** 빛
아 직 도 **아** 름 다 운
꿈 에 본 **꿈** 길
으 악 새 **으** 스 대 도
로 망 으 로 **찬**
오 늘 도 **오** 르 막 인
라 이 프 **라** 오

행시 카페 10주년 정모
한국삼행시동호회

길일에 오시는님 **길**조가 분명하네
가을이 무르익어 **가**신님 다시오고
의기로 투합하는 **의**외의 선남선녀

가벼운 마음으로 **가**슴을 열어본다
로맨스 열리는철 **로**망을 가득담아
수수한 차림으로 **수**줍게 맞으리리

- 2012년 가을 -

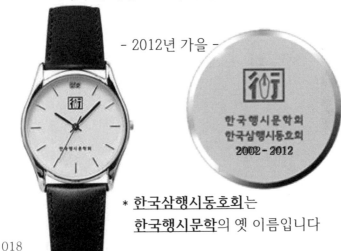

* <u>한국삼행시동호회</u>는
<u>한국행시문학</u>의 옛 이름입니다

강산이 변한다 해도

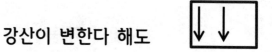

좋은님 나오시고 **좋**은글 춥추는곳
아직도 알듯말듯 **아**쉬운 삶속에서
서너줄 행시놓고 **서**로들 희희낙락

어디서 이런기쁨 **어**림도 없는얘기
떡한판 술한잔에 **떡**하니 벌인자리
하루를 십년처럼 **하**세월 하루같이
나들이 할곳있어 **나**는야 행복하네

세월의 뒤뜰에서

세마디 말로써 세상을 읊는다
월야를 밝히며 월력을 넘긴다
의구한 십여년 의리로 뭉쳤다

뒤덮힌 세월을 뒤집어 알린다
뜰만큼 떴으나 뜰일만 남았다
에루화 풍악에 에너지 솟는다
서광을 비추는 서막이 열린다

한국행시문학회

김정은/핵 포기할까?

가다가 삐딱하면 북망산 바로간다
나발만 불지말고 한번에 다내놔라
다리도 시원찮고 과체중 안쓰럽다
라스트 생각해서 미친짓 그만두고
마음을 활짝열고 국제선 올라타라
바라는 제재해제 의견이 상충되니
사악한 욕심접고 이쯤서 양보하라
아직은 길있으니 차기를 준비하고
자리를 깔아줄때 정확히 셈해보라
차제에 마음먹고 상황을 돌린다면
카풀도 이용하고 회비도 면제되니
타이밍 늦지않게 담대한 결심하라
파란색 자유조선 결국은 한편되니
하나된 자유한국 렬렬히 지지한다

울진 삼척

용틀임 크게하고 용소를 응시한다
봉황이 홰를치던 봉곳한 고개넘어
산신령 호령하던 산허리 안아본다

덕으로 사는님들 덕스런 곳에올라
풍광에 몸을담고 풍경에 감탄연발
계곡을 뚫고내린 계곡수 발담그고
곡차로 목축이니 곡소리 신비롭다

가시연

가슴에 품은가시 **가**만히 드러내니
시커먼 속보다는 **시**원해 좋다마는
연거푸 찔러대면 **연**심도 도망가지

각방거처

각자가 사정있어 **각**방을 쓰던말던
방중술 한답시고 **방**정을 떨던말던
거시기 사정이야 **거**지반 비슷하지
처지가 다르다고 **처**녀가 애낳겠수

오늘 같은 날

오늘은 내인생에 오로지 유일한날
늘그막 삶이지만 늘푸른 꿈을안고
같은듯 또다른길 같은맘 지니면서
은은한 여유속에 은근히 믿는구석
날밝고 질때까지 날렵한 심신단련

퍼즐행시방

퍼즐갖고 쩔쩔매도 퍼즐만의 매력있어
즐기면서 보람찾고 즐기면서 솜씨늘어
방방뜨는 우리님들 방문열고 자주오네

선거전 양상

병신들 생각짧아 병법도 못펼치고
신랄한 비판속에 신뢰가 달랑달랑
들이댄 노력보다 들어간 돈이많네
육갑들 떨다보니 육시랄 욕도먹고
갑자기 들춘비리 갑론에 을박이라
떠버리 나발불고 떠도는 소문많아
네가가 판을치니 네다리 후들후들

한글날 고운글

한글을 창제하신 고마운 세종대왕
글익혀 말로쓰고 운맞춰 행시쓰니
날마다 기쁜마음 글로써 새힘받네

고운 비

고사리 예쁜잎새 고고성 울린아침
운좋게 터져나와 운무에 눈뜬매화
비그친 맑은하늘 비취색 환타아지

행시님~

내면을 가득채운 내마음의 주인공
마지막 한줌까지 마음주고 기댄님
음양의 조화일까 음률까지 일치해
은연중 느껴봐도 은근함이 넘치네

당신은 전생후생 당대까지 통털어
신선한 믿음속에 신의로써 맞은님
뿐만이 아니오라 뿐이어야 하는님

만학도

문학에 관심없고　문장에 둔재라서
학생때 꾀부리고　학습도 안했는데
도저히 안되겠어　도중에 시작해요

마지막 잎새

마주친 그대손길 마지막 예고였나
지척의 거리에서 지금껏 기별없네
막차는 아닐거고 막간이 분명하니
잎사귀 앙상한날 잎피는 봄그리며
새가슴 열어놓고 새희망 품어본다

韓 行 文 學
한국삼행시동호회
2002 - 2014
http://cafe.daum.net/3LinePoem

2002.10.01 설립된 Daum cafe **한국삼행시동호회**는
회원 투표절차를 거쳐서 2015.12.15부터 카페 명칭을
한국행시문학으로 변경하여 오늘에 이르고 있습니다

정든 님

정주고 못떠나나   정깊어 안떠나나
든든한 기둥밑에   든실한 기쁨솟네
님있어 날로좋고   님으로 힘이난다

대한에 대설

눈많은 계절이라   눈오기 예사지만
눈치도 없는눈이   눈앞에 펑펑오니
눈피할 틈도없이   눈속에 갇힌차량

바라만 보아도

바닥서 꼭지까지 **바**라만 보고있다
라이프 스타일이 **라**일락 향같은너
만고에 다시없는 **만**남을 꿈꾸면서

보조개 패인얼굴 **보**아도 또보고파
아직도 못다한말 **아**련히 품어안고
도솔산 가는길목 **도**화숲 그려본다

福不福

복많이 받으려면 **복**받을 준비하고
불같이 일어나서 **불**가능 물리치고
복잡한 마음털고 **복**대로 살아가세

날마다 새 날

날마다 새님맞아　날듯이 새힘쓰면
마중물 퐁퐁흘러　마음도 흡족하지
다음에 하나뿐인　다부진 어떤카페

새벽도 불사하고　새글맛 고소하니
날밤샌 카페주인　날마다 행복하네

대나무

대나무 푸른기개　대체로 오래가나
나설때 먹은마음　나중에 간곳없어
무서리 내린후도　무상함 여전할까

오늘의 야한행시

愚公移山 우공이산

우연히 만난아낙 **우**습게 합궁하고
공복에 식사하듯 **공**방을 메워보지
이틀에 한번씩은 **이**바구 즐기면서
산뜻한 데이트로 **산**채로 죽여보지

拱辰丹

공짜로 얻어먹고 **공**처럼 부풀어서
진짜로 멋진물건 **진**종일 커있더니
단골도 제쳐두고 **단**맛을 봐버렸네

시나브로 나선다

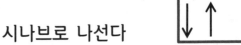

가 보지 못한 곳이　하 도 많아 모른다
나 가면 사방 천지　파 란 하늘 누런 들
다 가오는 세월도　타 오르는 태양도
라 운드로 맴돌고　카 오스로 물든다
마 침표 없는 세월　차 라리 모두 잊고
바 람 같이 날아서　자 국 없이 스칠까
사 는 동안 촘촘히　아 롱지게 엮을까

아 주 먼 곳 향해서　사 방 팔방 나설 때
자 주 잊고 깜박해　바 른 손에 꽉 쥐고
차 밍한 꿈 키우며　마 른 침을 삼킨다
카 리스마 숨기고　라 이플도 감춘 채
타 겟 조준 살며시　다 가서며 노리다
파 워 있게 내뿜고　나 이스 샷 외치면
하 루피로 풀리고　가 던 걸음 멈추지

한국행시문학 행시철 안내도

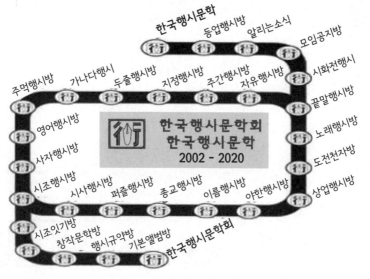

일삼아 볼 일
년 가도 또 올 새 년
내일 또 써 내
내 잘난 글 소문 내
행은 짧은 행
시작하자 마칠 시
철 없는 사철

오나가나 산불조심

오늘은 이산 다음엔 저**산**
나대고 싶은 이몸도 맞**불**
가끔은 보람 일석에 이**조**
나들이 할땐 언제나 조**심**

아! 옛날이여

아직 괜찮**아**
옛 것은 어차피 **옛**
날마다 새 **날**
이제부터 새로**이**
여기 부터**여**

2020 방사능 올림픽

방 방 떠 봤 자 해 법 없 는 처 방

사 람 은 방 사 능 먹 으 면 즉 사

능 력 자 도 방 사 능 앞 엔 무 능

올 림 픽 연 다 는 데 곧 다 가 올

림 팩 훈 련 도 못 열 고 기 다 림

픽 픽 쓰 러 져 야 아 는 가 픽 픽

<저자 약력> 예비역 육군대령(화생방장교)
한국원자력연구소 20주 연수 / 정문규 핵물리학 박사에게 사사
방사성동위원소(R.I) 취급면허 획득 / 방사선 감독자과정 이수
육군 화학실험소 핵물리연구장교 / 방사능실험실장 역임
한미연합야전사 화생방장교 / 한미연합사령부 화학과장 역임

이年 가도 되돌이

기 특 한 행 시 쓰 기
해 맑 고 좋 기 만 해
년 중 함 께 하 는 년

경 증 넘 은 삼 매 경
자 꾸 쓰 고 또 쓰 자
년 말 가 도 또 볼 년

行詩人

행시로 하루열고   늦도록 노는관**행**
시심이 있건없건   운맞춰 쓰는행**시**
인증샷 안찍어도   우리는 멋진시**인**

Merry Christmas

성난민심 무섭다 세상싫은 뭇백**성**
탄탄대로 원하면 잘들어라 긴한**탄**
절대자는 눈떠라 왜못보나 대관**절**

行詩 내 人生

행시라 다**행**
시에 운 들어간 **시**
내숭도 감**내**
인생에 단 한번**인**
생활시 탄**생**

2020.03.21
계간 한행문학 창간10주년
금장손목시계

봄이다봄봄
날고싶은날

정모 : 3 21

봄은 창밖에

봄가고 새봄

은빛 밝은 분위기

창너머 고운

밖으로 고개든 향

에너지 받기

고	운	삶	위	해	최	선	다	하	고
행	복	얻	으	면	그	나	마	다	행

꽃 중의 꽃

동장군 버텨서니 칼같은 한파요**동**
백설기 뚫고나온 한떨기 붉은동**백**
꽃잎이 하도예뻐 눈길준 꽃중의**꽃**

秋月山의 만추

추색 짙으니 벌써 끝자락 만**추**
월말 지나 동짓달이라 십일 **월**
산타던 지난 한해 머잖아 종**산**
의기롭게 키운 기개 만면 득**의**
만년에 좋은 취미 푹 빠졌건**만**
추엽이 사방 넘쳐 불타는 만추

卒婚男

졸 지 에 외 길 앞 장 선 꿋 꿋 **남**
혼 자 행 시 마 당 개 척 한 투 **혼**
남 들 잘 때 컴 퓨 터 에 글 졸 **졸**

당당한 나의 전당

숲 향 가 득 퍼 진 숲
속 도 편 했 어 계 속
작 심 하 고 한 시 작
은 근 멋 진 생 각 은
예 속 벗 어 난 명 예
배 짱 뿐 인 내 빈 배
당 당 한 나 의 전 당

넋두리

가시려는가
나 홀로 가는 나
다른 이와 다르다
라이프 스타일이 달라
마칠 때도 그러려니 하마
바짝 야윈 몸에 달린 누가 바
사실은 몸무게도 겨우 오십 사

아무리 먹어도 변함없는 자아
자는 데 인색한 것도 내 팔자
차라리 운동이나 할까 차차
카리스마 슬쩍 숨긴 킹 카
타겟 위에 착 올라 타
파워 있게 하고파
하하하하하

늙은 지아비 Song

지깟게 무에길래 성질내고 들어가
아직도 감못잡고 눈치없이 헤매나
비오든 바람불든 나가살면 좋겠다

골치는 아프지만 버릴수도 없어라
때때로 용돈주고 밥사주니 좋더마
리허설 안해봐도 백년살진 못할바
네다리 멀쩡할때 지갑열고 자주사

늙기전 힘있을때 거시기는 참좋아
으이구 힘빠지니 재미없어 그냥자
면피용 겨우세워 깔짝대니 기가차

죽은척 쳐진모습 우습구나 카카카
어쨌던 좋아죽던 옛날생각 간절타
야한놈 하나물어 색다르게 살고파
지금도 눈돌리며 찾고있다 크하하

作家 꼬라지

책 잡힐 짓 아니 하지

쓰잘 데 없는 짓 아니 하지
는적댈 시간이면 거시기만 들고 파서 그런지

것잡을 수 없을 정도로 실력도 느는 것 같지
도대체 한번씩 생각해 보지

팔자도 참 우습지
자지도 못하고 맘껏 쉬어 보지도 못하지
라디오는 안 듣고 테레비는 뉴스만 보지

생생한 음악은 오디오 탈 나서 못 듣지
각고 끝에 한번 끝내면 다음 차례 또 기다리지
하루 종일 머시기로 보내는 줄 아는지 모르는지
소문이 나서 이젠 줄까지 서지

어떤 밤

외 나 무 外
로 멘 스 로
운 좋 아 운
밤 같 은 밤

* 外 : 바깥

관심

관 심 이 전 혀 없 다 면 나 와 무 관
심 심 할 때 전 화 오 면 이 심 전 심

관 조 하 는 즐 거 움 있 으 면 유 관
심 장 이 두 근 두 근 쏠 리 면 관 심

2020 New Year

NOW WE MEET AN ANOTHER DAW**N**
EVERYDAY WILL BE NOT JUST SAM**E**
WONDERFUL SUNNY EAST WINDO**W**

YEAR BY YEAR WE EXPECT NEW DA**Y**
EVERY THIS TIME WE PRAY THE SAM**E**
ALWAYS WANT HEALTH AND UTOPI**A**
RED SUN MAY GIVE US THE ANSWE**R**

지금 우리는 새 여명을 만난다
매일이 꼭 같지는 않을 것이다
햇살 머금은 멋진 동창을 보며
해마다 우린 새 날을 기다리고
매번 이맘때 같은 기도를 한다
늘 건강과 유토피아를 빌지만
붉은 태양이 답을 줄 수도 있다

새 책 나왔어요

주먹만한 글이 갑자기 질주
먹물없이 쓰기만 하는 주먹
행에 운넣으니 우리는 다행
시작은 했으니 반응을 주시
집중 잘되고 재미있는 시집

2014.11.08

찰진 의사의 진찰

찰	스	박	사	의	진	찰
진	짜	소	문	난	특	진
의	사	중	에	참	명	의
사	랑	베	푸	는	의	사
의	술	이	전	에	성	의
진	솔	한	소	통	문	진
찰	나	에	후	딱	진	찰

天地玄黃

天하장사 숨못쉬면 가는곳은 필시황天
地상최고 갑부라도 묻힐곳은 공동묘地
玄실속에 들어가면 쓸모없는 일개졸玄
黃천가신 모든님들 땅속에선 결국토黃

봄 비 오시네

봄볕에 새봄
비유리풀 보슬비
오죽 하리오
시퍼런 나물각시
네가 날 잡네

千字文行詩

천자문 일천글자 행시로 완성하니
자목련 진달래도 반갑다 눈틔우고
문밖에 개나리는 노랗게 가슴열어
행여나 연분홍빛 봄처녀 만날세라
시방도 담너머로 눈길만 연신주네

050

六峰 정동희
제6행시집

천자문 끝도없어 열리고 널린지천
자그만 시한수가 글자로 육십네자
행마다 의미심장 쉽잖은 사행팔행
시작은 밋밋해도 갈수록 어마무시
집대성 마쳤으니 책들고 이집저집

"生"

가다 더 못 가
나만 그런 줄 아나
다들 그런다
라이플 같은 찰라
마감해 보마
바라던 현실인 바
사랑 담으사
아름다운 맘 모아
자리해 보자
차라리 미움 조차
카메라 몰카
타깍 찍혀 서운타
파행된 뇌파
하행선 타고 낙하
가끔 쉬는가

가을꽃 겨울꽃

가을꽃 품어 볼까 무작정 나섰다가
을씨년 날씨속에 혼바람 만난 가을
꽃중에 눈에 들어온 혼자된 야생꽃

가을꽃 너울너울 바빠도 만나볼 겨
을밋한 답답함을 내몰고 다시 채울
꽃다운 여인 만나서 한마당 웃음꽃

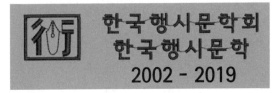

가을 하늘은 마술사

가을인가
나붓한 점 하나
다른 때 보다도 높**다**
라이타 돌만한 구름이**라**
마치 홀로 하늘을 나르는 천**마**
바쁘게 움직인다 오른쪽 스크롤 **바**
사람 눈을 놀래키는 요술 부리는 마술**사**
====================================>
아름다운 하늘을 수놓는 하얀 저 구름**아**
자주 변하는 모습 행시에 담아 보**자**
차밍한 그림에 빠져든다 차**차**
카메라를 숨겨 보면 몰**카**
타겟트는 수퍼 스**타**
파랗게 쓰고**파**
하얀 운**하**

다 지 나 갈 일 이 다

잠 깐 사 이 에 잠 **잠**
시 끄 럽 다 가 다 **시**
머 뭇 거 리 는 루 **머**
물 건 너 가 면 고 **물**
다 지 나 갈 일 이 **다**
가 지 말 래 도 다 **가**
지 금 잡 아 도 가 **지**

관악산 六峰

六峰 정 동 회

관악산 왕관
악산 중에도 최악
산 중에 명산
육봉 오르는 체육
봉 키워 거봉

내 인생

내삶의 주인공은 오로지 질긴 인**내**
인생의 동반자는 옆지기 평생 애**인**
생활과 어우러져 취미로 펼쳐진 **생**

지난날 나를 지킨 하루가 짧았던**지**
난척도 슬픈척도 힘든척 아니한 **난**
가다가 어려우면 왔던 길 되돌아**가**
을러멘 세월 속에 마주하는 초가**을**

오기로 뚜벅뚜벅 묵묵히 다진 각**오**
는적댄 세월 모여 다시금 다가오**는**
봄이야 사라져도 또다시 피는 새**봄**

생각은 요원하나 현실은 갚진 희**생**
각일각 다가오는 유한한 나의 감**각**

사랑은 봄비처럼

사 뭇 큰 나 의 은 사
랑 만 넘 친 내 사 랑
은 연 중 에 불 붙 은
봄 살 짝 지 난 늦 봄
비 극 적 이 된 시 비
처 연 한 아 픈 상 처
럼 주 취 한 것 처 럼

이 한 잔 에 굿 바 이
별 수 없 이 또 작 별
은 근 히 못 내 짧 은

겨 우 내 잠 깐 사 겨
울 적 함 모 두 비 울
비 켜 가 는 겨 울 비
처 절 한 나 의 상 처
럼 주 독 핀 것 처 럼

농구

기운찬 묘기
다시 위로 던진다
림 위로 굴림

하루 성적 급강하
나 오늘 왜 이러나

그래서 허그
리셋된 힘찬 다리
움트는 도움

둘 넣고 다시 또 둘

기행 사관 제 1 기
임관 40년사
우리들의 이야기   2015. 8. 9

↓ <1연>	<2연> ↓	↓< 3연 >↓
임 만난 그 해	다시 모인 **임**	**임** 향한 모임
관운을 품어 안고	역시 구관이 명**관**	**관**록 다져온 무**관**
사기가 충천	역전의 용사	**사**십 년 역사
십년지기 되었다	대단하다 멤버**십**	**십** 년 묵은 리더**십**
년 년이 만나	어언 사십 **년**	**년**식은 말**년**
사랑과 우정으로	칠백 명의 산 역사	**사**십 년 해온 공사
우린 뜨겁고	먼저 간 전**우**	**우**려는 기우
리얼한 젊음으로	분명히 기억하**리**	**리**턴 할 일 없으**리**
들판을 달려	오늘 우리**들**	**들**리는 말들
의리를 노래 했고	못다한 그대들**의**	**의**심 많은 이들**의**
이순 넘어도	남긴 뒤풀**이**	**이**상한 풀**이**
야성을 불태우며	확실히 해낼 거**야**	**야**무진 맘 일궈**야**
기 싸움 한다	잠시만 대**기**	**기**운찬 재**기**

기행 1기!! 영원하라!!   <좌우형 퍼즐 40행시>

< 111형 >

말장난 글장난

행동하는 바람이 영글고
시중민심 보듬어 구하고
세상고민 같은것 없애면
계속해서 은근히 따르리

行詩 내 人生

행할 행 줄 행
시는 시되 짧은 시
내심 내 흉내
인성 인증일 뿐인
생길 생 날 생

다음카페 : 한국행시문학
http://cafe.daum.net/3LinePoem

< ㅣㅣㅣㅣ형 >

허공

허리밑에 허점보여 허겁지겁 허그하니
공교롭게 공방이라 공알먹고 공짜유람

- 2011.04.24 -

허공

허락없이 허가받고 허튼수작 허는통에
공약죽고 공적생겨 공복될일 공중분해

* 공복(公僕) : 공무원

- 2011.04.28 -

외곬수

와싱톤 못가봐도 **와**이낫 **외**치면서
신세대 못지않게 **신**지식 **외**면않고
상하나 못받아본 **상**당한 **외**곬수라
담벼락 못질하다 **담**결려 **외**진했네

삼행시의 현주소

삼자**道** 어렵**郡** 풀리**面** 쉬우**里**
행시**道** 재밌**郡** 잘되**面** 신나**里**
시간**道** 빠르**郡** 굼뜨**面** 늦으**里**

< 十 형 >

또 행시 쓰러 오고파 또

잘 먹고 잘 살고 잘 싸자

			잘				
		못	먹	고			
	맨	날	고	자	로		
	산	다	면	잘	못	이	지
잘	먹	고	잘	살	고	잘	싸	자
	저	녁	먹	고	들	와	서
		기	왕	잘	거	면	
			잘	싸	고		
			자				

아이야 나랑 봄놀이 해

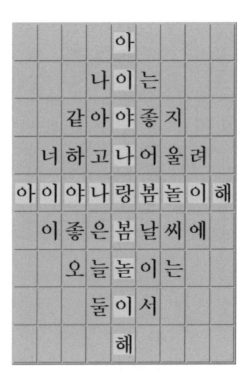

우리 같이 봄놀이 하자

			우				
	다	리	야				
	오	늘	같	으	면		
	너	랑	같	이	놀	겠	다
우	리	같	이	봄	놀	이	하	자
	너	라	도	놀	아	주	니
	피	곤	이	덜	해		
		또	하	자			
			자				

거시기

제대로 못하면 기죽고
한번만 잘하면 그렇고
여러번 잘하면 기살고
쉬잖고 잘하면 짱이지
하하하 하하하 하하하
어쩌다 잘하면 낯서고
여러날 못하면 쪽팔려
다음날 잘하면 되는데
그담에 못하면 도루묵

< M 형 >

어서오세요

```
어  여 쁜 삼 행 시 만 들  어
서  서 히 오 세 요 줄     서
오  전 오 후 계 속 오 시  오
세  번 만 세 세 세 세 세  세
요  렇 게 요 요 해 봐     요
환  영 영 원 히 하 면 영  환
영  광 으 로 여 기 고 환  영
해  보 면 자 꾸 늘 고 잘  해
요  기 오 시 면 선 수 돼  요
```

< N 형 >

낱말 하나에 우주가

```
낱 개 로 는 겨 우 한 낱
밀 말 무 수 히 많 은 말
하 하 하 웃 자 하 하 하
나 나 너 나 떨 고 있 나
에 너 지 합 에 빼 기 에
우 렁 찬 구 령 우 향 우
주 가 조 작 에 떤 주 주
가 볍 게 대 박 쳤 는 가
```

< V 형 >

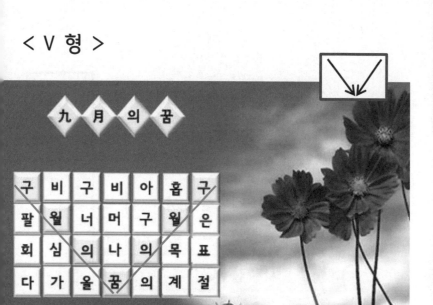

九 月 의 꿈

구	비	구	비	아	홉	구
팔	월	너	머	구	월	은
회	심	의	나	의	목	표
다	가	올	꿈	의	계	절

사 월 의 노 **래**

4월의 노래

구 **월** 산 **노** 변

새 봄 **의** 향 연

세	줄	시	네	줄	시	써	보	세
옆	줄	맞	춰	써	봐	요	줄	줄
퍼	즐	시	잘	쓰	는	시	인	은
문	단	서	의	외	의	존	재	라
행	시	인	의	꿈	이	되	지	요

출	판	기	념	회

즉	석	행	시	백	일	장
참	석	자	모	두	일	등
우	리	행	시	백	일	장
멋	진	행	시	경	연	장

한국삼행시동호회 동인지 제3호
故 김봉수 詩人(거니리님) 특집

行詩 속에
숨쉬는 님

출판기념회

詩人身分證
김봉수
Kim.B.S./Poet
한국삼행시

行 2011년 8월 ~ 9월 / 부산 돌담집, 인천 을왕리, 서울 인사동

사랑이 전동차 불빛

나그대 모습 못잊으리라
엊그제 처음 만난 우리들
서울 대입구역 지하였지
전동차 사이 오래빛 난등
강렬한 파랑 노랑색 불빛

한국행시문학
한국행시문학회
다음카페 / 행시쓰고 시인된다
http://cafe.daum.net/3LinePoem
2002 - 2020

행시 도용은 안 돼 !!

행시 되 찾 아 다 **행**
행시도 용 하 **시**면
인 격 **도**둑 **도**되 니
절 대 허 **용**안 돼 요

매화꽃 향기

매 화 라 다 **행**
화 려 한 **시** 선
꽃 잎 **새** 롭 고
향 **내** 달 콤 해
기 운 샘 솟 네

사 랑 은 봄 이 다

사	랑	피	어	나	는
랑	랑	십	팔	세	에
은	둔	은	안	되	지
봄	맞	이	봄	바	람
이	정	도	나	이	면
다	하	는	짓	이	다

< W 형 >

만산홍엽

산	이	온	통	불	바	다	여	라
들	이	울	긋	불	긋	타	올	라
개	여	울	억	새	도	타	는	듯

착한여우

착한 여 우 일 도 **착** 착 행 시 도 착 **착**
글 **한** 마 당 에 **한** 줄 **한** 줄 다 시 **한** 줄
어 기 **여** 디 **여** 라 어 기 **여** 디 **여** 라 차
모 두 들 **우** 러 러 보 네 매 **우** 잘 쓴 글

착한여우는 행시 카페 회원의 닉네임임

<2012년 가을>

한 삼 동 설 립 십 주 년
기 념 품 챙 겨 드 려 요

시	간	맞	춰	올	님	예	뻐	요
시	계	와	타	올	선	물	줘	요
바	쁜	와	중	에	선	물	까	지

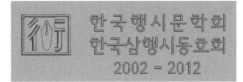

한국행시문학회
한국삼행시동호회
2002 = 2012

< Y형 >

2020년 3월21일 정모

삼월이십오일나오**삼**
삼월달지나면유**월**에
다음정모할예**정**이니
삼월정모날**모**이세요
빠짐없이**꼭**나오시고
한번도안**나**오신님과
지난번못**오**셨던님도
이번에는**세**상없어도
꼭나오세**요**정모니까

한행문학 제41기 신인상
계간 한행문학 문예지
발간 > 혜린 제2행시집
• 2020. 3. 21(토) 오후5시

반종숙 백재성 시인 등단식
창간 10주년 기념식
백화 에세이행시집 < 기념
• 용답동 용답스테이지(예정)

< Z 형 >

한국삼행시동호회

한	국	삼	행	시	동	호	회
제	일	오	래	된	동	호	회
언	제	나	열	린	동	호	회
제	일	큰	행	시	동	호	회
너	와	나	행	복	동	호	회
진	짜	삼	삼	한	동	호	회
진	국	다	모	인	동	호	회
한	국	삼	행	시	동	호	회

* <u>한국삼행시동호회</u>는
<u>한국행시문학</u>의 옛 이름입니다

나	그	대	사	랑	해	도	되	나	요
내	마	음	정	녕	훔	쳐	갔	나	요
한	싸	이	클	살	나	이	되	도	록
아	직	누	구	에	게	도	못	봤	던
가	식	이	없	는	해	탈	한	경	지
자	유	로	운	랑	만	을	보	았	고
그	어	떤	사	람	한	테	도	못	본
진	정	대	범	한	인	품	을	보	고
자	그	마	한	나	사	로	잡	혔	네
나	그	대	사	랑	해	도	되	나	요

< X 형 >

퍼즐아 내 퍼즐아

퍼	진	몸	매	또	아	퍼
노	즐	풀	면	서	즐	겨
고	운	아	리	아	듣	고
행	시	도	내	따	라	해
또	아	퍼	아	퍼	말	고
노	즐	막	히	니	즐	겨
아	직	젊	은	님	들	아

5-7-5 주먹행시

오	칠	오	세	상	이	오
십	칠	자	로	마	칠	때
내	각	오	도	오	롯	해
삼	라	우	주	다	담	는
한	주	먹	주	먹	행	시
삼	행	이	라	다	행	인
시	중	제	일	짧	은	시

숲속 작은 오솔길

숲	인	양	꾸	민	저	숲
그	속	모	르	면	속	지
만	지	작	수	작	부	려
처	음	엔	은	근	슬	쩍
착	각	오	게	오	므	린
참	솔	나	무	오	솔	길
길	게	보	면	뚫	린	길

2020 경자년 성공 기원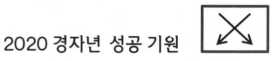

경	자	년	건	양	다	경
부	자	로	잘	살	자	고
예	쁜	년	새	년	에	게
소	망	달	성	을	빈	다
큰	성	공	을	공	유	할
원	기	건	강	챙	기	며
원	하	는	만	큼	소	원

꿈 있어 행복 있고

매	화	붉	으	니	홍	매
국	화	장	미	무	화	과
그	리	움	고	움	섞	인
늘	데	이	트	감	정	에
꿈	꾸	고	품	고	사	네
꿈	있	어	행	복	있	고
네	활	개	젓	고	사	네

매화도 홍매화라

매	화	도	홍	매	화	라
국	화	보	다	더	화	사
향	기	도	고	매	하	고
빛	깔	도	홍	매	화	라
아	직	도	애	매	한	가
국	화	보	다	매	화	지
매	화	도	홍	매	화	라

동해물과 백두산

산 속의 작은 학교

산	속	에	또	하	나	산
그	속	작	은	부	속	교
교	장	의	창	의	대	단
수	업	시	작	한	뒤	로
해	묵	은	종	은	지	도
대	학	다	보	낸	학	교
교	육	계	의	괴	물	교

함경도 흥남 출생

오시오 서시오 쓰시오

오	늘	운	이	좋	은	가	보	오
행	시	중	에	퍼	즐	행	시	도
왠	지	오	늘	따	라	오	지	네
일	단	써	서	두	서	없	으	면
애	당	초	에	시	작	않	는	데
어	쨌	던	오	늘	오	후	처	럼
한	줄	쓰	면	줄	줄	쓰	여	져
잠	시	썼	는	데	도	명	시	라
오	늘	은	정	말	보	람	되	오

영적 말씀

영	적	말	씀	은	올	바	른	영
영	혼	이	혼	탁	하	면	혼	나
말	씀	을	가	려	들	을	지	니
나	쁜	화	살	도	살	필	지	라
이	웃	을	배	려	하	는	마	음
전	신	갑	주	로	주	믿	으	면
만	나	는	내	게	주	는	양	식
영	양	이	충	분	한	자	양	분
식	감	이	넘	쳐	나	는	음	식

X형 퍼즐행시

일	일	이	말	안	해	도	알	일
굳	이	또	설	명	하	면	이	중
일	이	삼	사	엑	스	삼	삼	해
반	듯	한	사	방	사	각	칸	에
하	나	하	나	오	려	붙	이	듯
상	큼	한	육	봉	육	감	으	로
기	름	칠	한	번	씩	칠	하	니
십	팔	년	행	시	내	공	팔	팔
구	료	끝	나	는	퍼	즐	친	구

2000년　인터넷상에 행시 작품 발표 시작(저서 : 개인행시집 10권)
2002년　다음 카페 한국삼행시동호회(現 '한국행시문학') 개설
2008년　한국행시문학회 창립 <행시 쓰는 시인 100여명 등단>
2010년　계간 한행문학 창간호 발간. 2019년 12월 통권 40호 발간
2018년　한국행시문학회 홈페이지 개설 www.hangsee.com

삶은 여유다

진흙 속에 진주

책이 말을 건다

책	을	읽	는	비	책
눈	이	그	답	이	냐
틀	린	말	말	아	라
하	도	을	을	해	서
기	건	아	니	건	간
다	믿	을	수	없	다

나 그대 사랑해도 되나요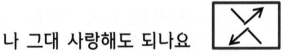

나 그 대 없 으 면 큰 일 나 요
난 그 대 만 왜 좋 아 하 나 요
왜 그 대 아 니 면 안 되 나 요
지 금 은 사 랑 에 도 가 넘 쳐
그 대 를 사 랑 해 야 만 하 니
어 떨 땐 딱 해 랑 만 파 라 서
너 무 나 도 그 댈 사 랑 해 서
어 찌 되 건 이 젠 그 대 만 이
겁 나 게 좋 기 만 하 네 그 려
요 런 나 바 보 라 서 어 쩌 나

< X X 형 >

<지나간 나의 스토리>
동창이 훤하게 불 밝히면

동 기 도 없 이 전 역 했 다 **면** 사 람 들 이 믿 을 동 말 **동**

창 **창** 할 당 시 명 퇴 라 **히** 죽 **히** 죽 놀 수 없 는 한 **창** 때

신 설 **이** 사 직 받 고 **밝** 은 전 망 **밝** 은 자 리 제 **이** 인 생

등 대 불 **훤** 하 게 **불** 밝 히 면 비 친 **불** 빛 에 **훤** 한 해 변

눈 뜨 면 급 **하 게** 준 비 하 고 날 미 치 **게 하** 던 마 라 톤

날 부 지 런 **하 게** 만 들 었 고 달 라 지 **게 하** 던 새 생 활

해 풍 이 **훤** 하 게 **불** 어 오 면 마 음 **불** 밝 힌 **훤** 한 시 야

삼 면 **이** 바 다 지 만 **밝** 히 라 면 **밝** 힐 내 고 향 **이** 대 구

줄 **창** 육 지 에 서 만 묵 **히** 다 **히** 한 하 게 처 음 본 **창** 파

동 기 가 멋 지 니 시 작 하 **면** 잘 하 리 란 결 심 에 행 **동**

<△ 형 >

가을이야기

날짜잘잡아올가을즐기자
계절중에가을이제일멋져
단풍이너무멋져요야호야
같이올라갈일행이올거야
올가을이진짜로가을이야
너무멋져요참너무멋져요

< □ 형 >

네모형 퍼즐행시

네	모	형	이	네
모	서	리	네	모
형	태	도	□	형
이	런	모	양	이
네	모	형	이	네

G S O M I A

지	소	미	아	못	끝	내
소	국	에	양	보	할	게
미	국	도	밀	지	마	더
아	전	인	수	고	집	필
못	난	정	권	나	빠	요
끝	없	는	국	익	위	해
내	게	더	필	요	해	요

여보게저기저게보여

여	보	게	저	기	저	게	보	여
보	훈	의	달	에	실	린	화	보
게	양	된	국	기	잘	보	시	게
저	토	록	나	라	기	리	고	저
기	를	쓰	고	흔	드	는	열	기
저	력	의	강	함	펼	치	고	저
게	서	흘	린	땀	생	각	하	게
보	는	내	내	감	동	준	화	보
여	보	게	저	기	저	게	보	여

< ◇ 형 >

하루가 달라요

요 즈 음 다 가 온 세 월 은
어 쩐 지 다 르 다 싶 네 요
오 십 오 오 십 육 오 십 칠
그 다 음 오 십 팔 됐 다 가
가 는 귀 먹 으 면 쉬 다 가
또 다 시 일 어 나 뛰 다 가
서 시 오 하 는 날 오 겠 지
맘 대 로 다 하 다 간 다 면
시 간 이 더 가 도 괜 찮 소

고치다 손 다치고

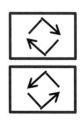

발 조 심 **손** 조 심 해
그 러 **다** 또 **다** 칠 라
고 **치** 고 또 고 **치** 고
고 장 난 부 품 갈 **고**
두 **치** 깔 고 한 **치** 만
당 겼 **다** 밀 **다** 하 면
거 의 다 **손** 본 거 야

수주 만 병만 주소

맥 주 양 주 배 갈 소 주 까 지 마 셨 네
처 음 에 는 소 주 맥 주 소 맥 마 시 고
나 중 에 는 만 만 디 가 만 든 안 주 로
소 주 한 병 반 에 배 갈 한 병 섞 어 서
남 자 만 마 시 고 여 자 는 반 만 붓 고
맥 주 약 간 만 더 붓 고 흔 들 어 주 니
소 주 맥 주 와 는 좀 색 다 른 맛 같 소
소 주 에 맞 는 안 주 로 마 른 안 주 와
직 접 만 들 어 먹 는 후 라 이 만 으 로
한 병 두 병 먹 다 보 면 빈 병 이 늘 지
골 때 리 지 만 깡 소 주 만 먹 다 보 면
내 노 라 하 는 주 당 주 선 힘 못 쓰 고
나 이 들 면 퇴 물 소 리 만 듣 게 되 지

어떤 걸 퍼즐행시라고 하는지요?

퍼	즐	행	시	집	나	왔	어	요
어	떤	게	퍼	즐	행	시	인	지
이	런	걸	알	아	보	시	고	요
어	떤	게	답	인	지	몰	라	도
기	어	이	해	보	면	알	고	요
진	짜	로	어	렵	긴	하	지	요
해	보	면	다	아	는	거	지	만
절	대	로	쉽	지	않	은	거	라
어	떨	때	는	쭉	헤	매	다	가
잘	될	때	는	요	렇	게	돼	요
재	미	있	게	읽	어	보	세	요

왜 이리 어려운 글만 골라 쓰세요?

치	매	를	예	방	하	시	려	면
일	부	러	어	려	운	글	로	만
모	조	리	골	라	서	글	짓	고
굳	이	머	리	를	써	야	만	돼
또	왜	어	려	운	길	만	골	라
헛	짓	하	냐	고	뭐	라	마	오
하	면	할	수	록	쓰	게	되	고
노	후	만	나	세	월	보	내	는
지	름	길	이	여	기	있	다	오
쉽	게	쓰	면	요	령	만	늘	고
대	뇌	활	동	에	도	움	안	돼

?

특별한 요령이라도 있으신지요?

사람의머리는비슷해
나만의요령이어딨누
특별한한가지라고는
샛별뜰때까지도도히
독특한자세로깨있지
잠을안자는것으로만
이걸다하면신이지요
사람이자지않고어찌
며칠씩버틸수있겠소
강한의지요용기랄까
남다른정신력이겠지

같이 한번 퍼즐행시 써 보실까요?

누	구	든	지	용	기	내	어	서
오	늘	한	**번**	**퍼**	**즐**	행	시	로
똑	똑	**한**	글	써	봐	**행**	복	해
같	**이**	배	우	면	서	하	**시**	면
다	**같**	이	헤	매	면	서	**써**	도
즐	거	움	넘	치	고	**보**	람	차
진	작	쓸	걸	사	**실**	후	회	돼
이	제	제	법	**까**	르	르	웃	고
말	이	되	든	안	되	든	간	에
조	렇	게	또	**요**	렇	게	써	봐
일	단	시	작	하	시	라	니	까

< 가로세로형 >

일본국

쓰 나 미
나 대 자
미 자 발

한국

봄 하 늘
하 얗 고
늘 고 와

한국행시문학

행 시 든
시 조 든
든 든 해

카페 출석 이유

퍼 즐 방
즐 겁 지
방 지 켜

세 글자 가로세로 총출동

일요일
요리가
일가터

치사한
사랑해
한해더

만두국
두부물
국물맛

안개꽃
개화기
꽃기운

퍼즐만
즐기고
만고땡

월요일
요상해
일해라

의사두
사랑해
두해더

번갯불
갯마을
불을켜

갈매기
매일와
기와집

사골국
골난처
국처럼

화요일
요지경
일경만

더사세
사랑해
세해더

오바마
바지춤
마춤형

성남시
남자들
시들해

한삼동
삼행시
동시조

수요일
요실금
일금지

잘사네
사랑해
네해더

오사마
사살지
마지막

도사도
철야엔
지치지

천안함
안식구
함구령

목요일
요점이
일이군

못사네
사랑해
네해더

한두번
두어번
번번이

동대문
대문뒤
문뒤로

역마차
마주한
차한잔

금요일
요즘은
일은꽝

막사네
사랑해
네해더

오늘밤
늘릴까
밤까지

야구공
구십개
공개해

역시나
시작은
나은것

토요일
요령끝
일끝내

또사네
사랑해
네해더

늦어도
어서와
도와줘

한글날
글솜씨
날씨탓

서해안
해상전
안전빵

114

신 중

일	발	필	중
발	사	시	간
필	시	정	확
중	간	확	인

쪽매맞춤 = Tessellation

쪽 매 맞 춤
매 운 수 도
맞 수 맞 춰
춤 도 춰 요

<도마뱀 쪽매맞춤>

* 네델란드 태생 세계적 그래픽 아티스트(1898-1972)
  엠.씨.어셔(M.C.Escher)가 이룩한 미술 세계에서의
  독특한 '**쪽매맞춤**(Tessellation)'이란 장르가 있어
  일정한 형태의 도형들로 평면을 빈틈 없이 채우는
  예술로 알려져 있는데..우리가 즐기는 퍼즐행시와
  그 원리에서 매우 유사하며 일맥상통하는 점이 크다.

일본 지진

실 종 십 만

종 적 묘 행

십 묘 무 책

만 행 책 임

십묘무책(十妙無策) :

　열가지 묘수로도

　대책 없음

넉줄짜리 작품 몇 개

퍼 즐 행 시
즐 거 운 글
행 운 주 고
시 글 고 와

다 음 세 대
음 유 시 인
세 시 밝 아
대 인 아 류

무 한 도 전
한 번 전 투
도 전 재 개
전 투 개 시

다 음 세 대
음 탕 대 장
세 대 죽 일
대 장 일 까

* 가로세로형 행시를 잘 쓰시는 몇 분이 제 주변에 계시지만..
가로세로형 퍼즐행시는 모든 종류의 행시를 통틀어서
난이도가 가장 높으며 운(韻)의 글자수 즉 줄이 많아질수록
기하급수적으로 어려워지므로..5줄이 넘으면 완벽한 작업이
거의 불가능하다고 봐야 하며..운이 좋거나 노력에 따라서
일평생 불과 몇 작품만 건져도 큰 행운이라고 생각합니다,

오뚝이 정신

오 뚝 이 정 신
뚝 심 은 수 단
이 은 외 골 수
정 수 골 짜 기
신 단 수 기 도

English Puzzle Acrostic

Step - Pest

S	T	E	P
T	I	R	E
E	R	O	S
P	E	S	T

STEP : (발)걸음
TIRE : 지치(게하)다, (자동차)타이어
EROS : 에로스(관능적 사랑)
PEST : 해충, 페스트

Madam - Madam

M	A	D	A	M
A	R	O	M	A
D	O	S	E	D
A	M	E	B	A
M	A	D	A	M

* 억지로 갖다 붙인 말이라 어색하지만 굳이 풀이를 한다면
  사모님이/아로마향기/흡입하고/아메바(단세포동물) 됐다

만 추 의 서 정

만	추	의	서	정
추	억	외	로	이
의	외	의	생	각
서	로	생	이	별
정	이	각	별	타

해 석 은 자 유

남	이	도	로	님
이	런	시	상	이
도	시	다	알	면
로	상	알	품	어
님	이	면	어	때

작가의 원래 의도가 독자에게 제대로 전달되기도 하지만
어떤 경우는 소통이 잘 안 되어 이해 불가 판정을 받거나
또는 꿈보다 해몽이 더 좋게 해석될 때도 있습니다..

가로세로형 퍼즐은 가로 세로 모든 글자를 다 맞추다 보니
사실 너무 어렵고 어찌 보면 거의 불가능에 가깝습니다.
작가의 머릿속에 들어가서 그 詩想을 궤뚫어 볼 정도라면
남산에 자리를 깔든지..로상에서 알이라도 품어야지요..
어쨌던 글의 해석은 읽는 님들의 자유입니다..*)*

못 말릴 자화자찬

행	시	가	정	말	좋	아
시	가	운	데	한	아	름
가	운	데	이	게	좋	다
정	데	이	트	글	다	운
말	한	게	글	로	착	석
좋	아	좋	다	착	한	줄
아	름	다	운	석	줄	글

1월 1일

일 월 일 일	一 月 一 日(一)
월 간 계 획	月 間 計 劃(獲)
일 계 실 천	一 計 實 踐(千)
일 획 천 금	日 劃 踐 金(金)
	(一 獲 千 金)

1월1일 월간 계획을 세워
하나의 계획을 실천 하면
하나 얻음이 천금과 같다

< 마방진(馬方陳)형 >

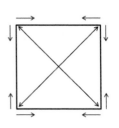

小株主1萬 名 會食
소주주 1만 명 회식

소	주	만	병	만	주	소
주	주	모	여	소	주	주
만	명	만	와	만	명	만
병	마	개	병	만	만	병
만	병	만	줘	만	병	만
주	주	들	먹	게	주	주
소	주	만	병	만	주	소

* 마방진(魔方陣, magic square) : 배열된 수를 어느 쪽
  으로 합해도 같은 수가 되는 신기한 숫자 조합을 말하며,
* 행시에 있어서는 주어진 운(韻)이 가로, 세로, 대각선 등
  모든 방향으로 완벽한 대칭을 이루면 마방진 행시라 한다

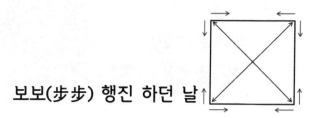

보보(步步) 행진 하던 날

여	보	게	저	기	저	게	보	여
보	보	행	진	하	던	날	보	보
게	임	게	시	판	차	게	넘	게
저	들	이	저	리	저	장	코	저
기	쓰	며	필	기	한	분	위	기
저	들	은	저	걸	저	장	코	저
게	임	게	시	편	하	게	쉽	게
보	보	쉬	면	서	했	지	보	보
여	보	게	저	기	저	게	보	여

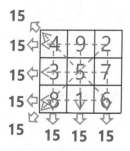

행시야 놀자 시리즈 **9**

퍼즐행시집

2019년 12월 31일 발행

저　　　자　정 동 희
이 메 일　daumsaedai@hanmail.net

편　　　집　정 동 희
발　　　행　도서출판 한행문학
등　　　록　관악바 00017 (2010.5.25)
주　　　소　서울시 중구 을지로 18길 12
전　　　화　02-730-7673 / 010-6309-2050
팩　　　스　02-730-7673
카　　　페　http://cafe.daum.net/3LinePoem
홈페이지　www.hangsee.com

정　　　가　8,000원
I S B N　　978-89-97952-31-1-04810
　　　　　　978-89-97952-30-4-04810(세트번호)

공급처 ┃ 도서출판 한행문학 www.hangsee.com
전　화 ┃ 02-730-7673
휴대폰 ┃ 010-6309-2050